20 Udda noveller

Skriven av

Martin Lundqvist

Detta är ett fiktivt verk. Alla likheter med verkliga personer och händelser är tillfälligheter.

20 Udda noveller

Första upplagan. 1 november , 2020.
Copyright © 2020 Martin Lundqvist.
Skriven av Martin Lundqvist

All images are taken from Pixabay.com.

Attributions (Pixabay tag), in order of appearance, below

Train (Harald_Landsrath)
Assassin (Victoria_Borodinova)
Margarita (Alexas_Fotos)
Cemetery (darksouls1)
Cat & Phone (Clker-Free-Vector-Images)
Old-Lady(Clker-Free-Vector-Images)
Black cat (christels)
Library (Pexels)
Couple (Pexels)
Credit Card (Republica)
No Cube (ulleo)
Dragon (garfild012)
Chainmail: LadyEarlene
Bride (maya_7966)
Fire Alarm (rgaudet17)
Tennis Match (Pexels)
Fat Buddha (Josch13)
Clown (Couleur)
Trophy (arembowski)
Laundromat (RyanMcGuire)
Piano (Pexels)
Money (Maklay62)
Maldives (romaneau)
Figurine (Sollien)
Lake Titicaca (fransoopatrick)
Temple (pexels)
Veil (Couleur)
Lab (skeeze)
Iris (KELLEPICS)
Clones (ErikHowle)
Breakfast (StockSnap)
Gnome (stux)
Bazaar (Pexels)
Mount Cook (Kewl)
Drugs (dertrick)

Cowboy (Wadams)
Coffee Machine (Pexels)
herring (mp1746)
Masked man (SamWilliamsPhoto)
Botanical gardens (79997)
Angel (Pixel2013)
Fading Away (Durer_Imon)
Man with pistol (SamWilliamsPhoto)
Chinese woman (cuncon)
Chinese Soldier (PublicDomainPictures)
Biohazard (anjawbk)
Mercedes (Peasa)
Gaia (darksouls1)
Baby (PublicDomainPictures)
Timer (epicioci)
Bushfire (sippakorn)
Cockatoo (Holgi)
Girl (langll)
Knife (Twighlightzone)
Santa (ArtsyBee)
Elf (Sipa)
North Pole (WikiImages)
Nun(TheDigitalArtist)
Sex (Victoria_Borodinova)
Demon (darksouls1)
Saint (pixel2013)
Crying woman (Victoria_Borodinova)
Nun (GDJ)
Contraceptives (GabiSanda)
Man (pornfree)
Jenga (Zaimful)
Rough Woman (MadalinCalita)
No (GDJ)
Pies (dancepool)
Casket (carolynabooth)
Sad Woman(JerzyGorecki)
Jack in a box (ErikaWittlieb)
Man in facemask (DanielTwal)
Cat (Sbringser)
Bag (Pexels)

Mordet på tåget.

Jag åkte på The Ghan, ett lyxigt nattåg som korsar Australien från Adelaide i söder till Darwin i norr. För de flesta, är en resa med the Ghan ett fantastiskt sätt att uppleva den australiensiska ödemarken, men för mig var det något mer. Jag hade ett uppdrag framför mig.

Jag heter Samantha Nyamwasa och jag är den enda överlevaren från min familj efter folkmordet i Rwanda som skedde 1994. Jag reste med the Ghan för att döda Patrick Bagosora. Han mördade min familj och undvek sitt straff genom att gömma sig i Australien under falsk identitet.

Jag drack färdigt min cocktail som jag avnjöt i den lyxiga restaurangvagnen. Jag sa åt min make Jakob and jag behövde besöka toaletten. Det var dags för Patrick Bagosora att sona för sina brott.

Jag publicerade mitt manifest där jag

avslöjade Patricks brott på internet. Jag hämtade pistolen som jag hade köpt illegalt. Efter det så startade jag en kamera som livestreamade till internet och jag begav mig mot Patricks kupé.

Jag öppnade dörren och jag sköt Patrick medan jag filmade. Jakob såg mig och kom springande.
"Samantha. Vad har du gjort?" Utbrast Jakob.
"Jag gjorde det." Svarade jag.
"Du gjorde vadå?" Undrade Jakob.
"Jag dödade Patrick." Konstaterade jag.
"Men varför? Har du gått och blivit galen?" Frågade Jakob.
"Nej. Patrick dödade min familj. Jag är steril och min ätt dör ut med mig. Detta är mitt löfte." Konstaterade jag.
"Så vad gör vi nu?" Undrade Jakob.
"Jag kommer att göra vad Patrick skulle ha

gjort. Jag kommer att erkän-
na mitt brott och ta mitt
straff." Svarade jag.

En stund senare, så stannade
tåget och polisen arresterade
mig när vi anlände i Alice
Springs. Efter några dagar så
kom det goda nyheter. Ob-
duktionen visade att Patrick
hade dött många timmar
innan jag sköt honom. Någon
hade förgiftat honom natten
innan.

Domstolen åtalade mig för brott mot
griftefriden och ola-
ga vapeninnehav. Då
mitt fall var så unikt,
så blev jag omtalad
över hela världen,
och jag utnyttjade
denna möjlighet att
påminna världen om
folkmordet i Rwan-
da. Jag berättade om
hur min familj och andra rwandier hade
lidit under tyranni.

Ett år senare så hade jag avtjänat mitt straff

> "Jag gjorde det. Jag dödade mannen som mördade er och jag påminde världen om vårt folks lidande. Jag begick det perfekta brottet.

och jag gjorde något som jag borde ha
gjort långt tidigare. Jag
återvände till Rwanda
och jag besökte min
familjegrav, belägen vid
en vacker kyrkogård.

Jag knäböjde vid grav-
en i hopp om att mina
förfäders andar skulle
höra mig och jag ta-
lade. "Jag gjorde det. Jag dödade mannen
som mördade er och jag påminde världen
om vårt folks lidande. Jag begick det per-
fekta brottet. Jag erkände det andra mor-
det på Patrick Bagosora vilket övertygade
polisen om att det inte var jag som dödade
honom. Men det var det. Jag levererade
en frusen cocktail blandad med cyanid till
Patrick. Han insåg aldrig vad som skedde
och det gjorde inte polisen heller." Efter att
ha sagt detta så log jag, satte mig ner och
tittade på solnedgången. Jag var lättad att
jag hade begått det perfekta mordet och att
jag slutligen hade funnit sinnesro.

Nyfikenhet Räddade Katten

Jag är en åtta år gammal hankat. Min rumskamrat kallar mig för Eden, men jag föredrar namnet Schackbräda då jag är en svart och vit katt med en schackbrädemönstrad päls. My rumskamrat heter Angela men jag kallar henne för Grå-Man då hon är en gammal människa med långt grått hår. Grå-Man och jag har varit vänner i många år. Hon förser mig med god mat och husrum, och i gengäld så håller jag henne sällskap då hon verkar väldigt ensam. Jag har ett långtråkigt men bekvämt liv.

Idag så försökte jag väcka Angela som jag alltid gör på morgonen. Men något var annorlunda. Grå-Man var kall och hon rörde sig inte. Jag kände igen hennes tillstånd från möss som jag dödar utan att äta då Grå-Man ger mig godare mat. Min mänskliga rumskamrat var död. Jag var ledsen på grund av hennes död, men framförallt så var jag orolig. Vad skulle hända med mitt bekväma liv och hur skulle jag hitta mat? Jag har ibland sett vildkatter. De lever miserabla liv och slåss alltid om mat och revir. Hur skulle jag överleva under sådana

omständigheter?

Jag visste att jag behövde hitta en ny mänsklig värd, men det var ett riskabelt drag. Om människorna inte gillade mig, så skulle de låsa in mig och döda mig. Men om jag försökte klara mig på egen hand så skulle jag svälta eller bli mördad av de farliga vildkatterna i grannskapet. Jag kom på en plan. Om jag kunde berätta för andra människor vad som hade hänt med Angela, så skulle jag bli en hjälte och de skulle ta hand om mig.

Jag hittade Angelas telefon. Jag har sett henne prata in i den så det var värt ett försök. Jag jamade till telefonen i en halvtimme, men ingenting hände. Jag insåg att jag behövde lämna lägenheten för att hitta hjälp. Jag bor på andra våningen, men fönstret var öppet så jag tog mig ut. När jag var nere på marken så såg jag den lokala tvättstugan. "Om jag trycker på denna knappen så kanske någon kommer?" Tänkte jag.

Jag visste att knappen var svår att trycka på, så jag hoppade in i knappen för att få

tillräckligt med kraft. Ringklockan ring-
de och oljudet attraherade tvätt tantens
uppmärksamhet. Hon kom till mig och
pratade. "Åh, är inte du Angelas katt?"
"Mjau, Mjau," svarade jag (Jag hatar mina
begränsade stämband!)
"Har något hänt med Angela?" Frågade
tanten.
"Mjau, Mjau," svarade jag och visade
henne vägen till Angelas lägenhet.

Lyckligtvis, så förstod hon mig och följde
mig till lägenhetsdörren. Jag gav henne
mitt mest ångestladdade mjau, och hon
knackade på dörren flera gånger. Till slut
så använde hon reservnyckeln som Angela
hade gett henne, gick in i lägenheten och
hittade Angelas kropp. Städtanten, som
hette Helen, var snäll och lät mig bo med

henne. Hon hade också en katt, så nu har
jag en kattvän. Men ibland så saknar jag
fortfarande min kära gamla människa,
Angela.

Slut

> Jag kände igen hennes till-
> stånd från möss som jag dödar.
> Grå-Man var död.

”**S**ex och andra fysiologiska behov.” Jag tittade på boken som min tilltänkta Tinderdejt läste. Jag hade blivit förvånad när hon föreslog att vi skulle mötas vid biblioteket, men här var jag. Med tanke på boken som hon läste, så kunde detta bli en lyckad dejt.

”Emma?” frågade jag. Hon la ner boken och log mot mig.

”Hej. Du måste vara Geoffrey?” Svarade Emma.

”Ja. Intressant val av bok,” sa jag och blinkade åt Emma.

”Sannerligen. Denna bok har många dolda fakta som kan få dina käkben att falla. ” Sa Emma förföriskt.

”Få mina käkben att falla?” Undrade jag. Jag bet mig själv i tungan över att min okunskap ändrade riktningen på detta lovande samtal.

”Haka. Som i att tappa hakan. Bildligt menat såklart.” Förklarade Emma.

”Ja men såklart. Verkar som att bibliotek är bra för att lära sig saker. Jag har varit här i mindre än en minut och jag har redan lärt mig något nytt.” Sa jag och log.

”Tänk vad du kan åstadkomma om du spenderar några timmar med mig. Du skulle bli en ny man!” Sa Emma glatt.

Jag reflekterade över Emmas påstående. Jag

behövde sannerligen bli en ny man, och hon verkade vara en lämplig lärare. Jag log och talade. "Vad sägs om att vi tar en kopp kaffe vid kaféet en våning upp? Även om jag älskar att läsa, så är en gemensam läsestund inte en bra första dejt."
"Åh. Du har sannerligen inte dejtat mig. Att läsa tillsammans kan göra en kväll väldigt intressant. Men jag tar gärna en kopp kaffe också." Sa Emma och log.

Vi gick upp för trappan och jag gick fram till kassan för att beställa två cappucinos. När jag skulle betala slogs jag av en skrämmande insikt. Jag hade inga kontanter och jag visste inte vilket av mina 24 kreditkort som jag hade pengar på. Jag hade funderat på att säga upp de förbannade kreditkorten för att slippa oändligt skuldslaveri, men jag behövde korten för att visa upp min status. Kortbetalningen misslyckades flera gånger och jag fick panik när jag försökte hitta rätt kort. Helvete också, den här Tinderdejten var en kopia av förra veckans dejt.

Till slut så gav Emma kassörskan en hundralapp och betalade. Hon hånlog mot mig när vi tog våra kaffen till bordet.

> Trots att jag var en framgångsrik advokat, så hade jag gått på 100 raka Tinderdejter utan att få till det!

Olyckligtvis stördes vårat samtal av den väsnande trafiken och min telefon vibrerade. "Oroa dig inte för mig, svara i din telefon." Förslog Emma.

Motvilligt svarade jag i telefonen. "Hur var din dejt?" Frågade Martin, min författarvän.
"Jag är fortfarande där." Svarade jag.
"Åh! Bäst att jag inte stör dig då. " Svarade Martin och la på.
"Åh fan!" Tänkte jag och vände mig om för att tala med Emma.

Emma var borta. Hon måste ha smugit iväg under mitt telefonsamtal! Jag grät inombords. Trots att jag var en framgångsrik advokat, så hade jag gått på 100 raka Tinderdejter utan att få till det!

Ett sagobröllop.

Luften var fylld med rök och förväntan. Jag var på min bäste väns bröllop och det fanns bara en sak göra. Att festa som om det var sommaren 69.

Jag kollade igenom mina anteckningar. Jag var tänkt att hålla ett tal på bröllopet, men jag kunde inte bestämma vad jag ville säga. Mina vänner och jag brukar pika varandra rätt hårt, men jag var tvungen att hålla talet balanserat då andra kanske inte skulle förstå vårt sinne för humor.

Min kompis sexiga syster, som också var hans brud, talade till mig sensuellt: "Har du några mord eller avrättningar planerat för bröllopet?" Ja bröllopet tog plats i Westeros.

Jag visste inte hur jag skulle svara. Skulle jag berätta om min plan att förgifta kungen och ta kontroll över kungariket, eller

var det bättre att ligga lågt? Jag bestämde mig för att avslöja min plan, fast få det att framstå som ett skämt. "Jag har inget speciellt planerat, Danielle. Men jag blandar in lite drakört i kungens bägare för att starta festen." Sa jag och skrattade. "Åh, det vore toppen att se det!" Sa Danielle och blinkade åt mig, innan hon gick iväg för att umgås med några andra gäster.

Problemet med att skämta om kungamord är att du inte vet om folk stödjer dig förrän efter du har testat. Men jag kan säga en sak, sagobröllop är väldigt stressande.

När jag är tillbaka på jorden, så hör jag ofta kvinnor prata om hur dom vill ha ett sagobröllop. De har inte en susning om vad de talar om. Jag har besökt tio sagobröllop, och där har varit dödsoffer på åtta utav dom. Kungamord,

anfallande drakar, arga feer, samt hämnd-
lystna gudar; det är ett mirakel att jag
fortfarande lever.

Jag har också besökt sju bröllop i den
verkliga världen. Den största incidenten
på dom var att någon stukade foten. Det
är enkelt fixat med ett kompressförband.
Betydligt mindre skrämmande än Morgor
den röda draken.

På tal om Morgor, så kände jag lukten av
rök. Jag fick panik då jag inte hade med
mig mitt svärd eller min trollstav. Lyck-
ligtvis så insåg jag att jag befann mig i den
verkliga världen och att röken var från en
mindre eld i köket, och att någon hade
startat brandlarmet
för att vara på den
säkra sidan.

Brandlarmet tjöt och
vi tvingades ut i det
isande regnet som
strömmade ner. Min
väns verkliga brud, Sandra, var upprörd

och grät över hur hennes klänning var
förstörd. Hon skällde på min vän Brian.
”Jag drömde om ett sagobröllop och så ger
du mig det här!” Utbrast Sandra.
”Vive Silencia Noctis,” sa jag, och insåg
till min besvikelse att tystnadsbesvärjelsen
inte fungerade i den
verkliga världen.
”Va?” Frågade Sandra.
”Åtminstone så dog in-
gen.” Försäkrade jag med
en lugnande röst.
”Jag fattar inte varför
Brian valde dig som ring-
bärare!” Sa Sandra och stormade iväg.

Till slut så hade branden släckts och vi
återvände till lokalen. När vi gick in,
gick Brian fram till mig och viskade ”Du
uttalade Noctis en ton för högt.” Efter att
ha sagt detta lämnade han mig och åter-
vände till sin brud.

Slut

> Kungamord, anfallande
> drakar, arga feer, samt hämnd-
> lystna gudar; det är ett mirakel
> att jag fortfarande lever.

En högkaratig tennismatch.

"Skicklighet!" Utropade jag när mitt perfekt slagna tennisskott rörde baslinjen, utom räckhåll för min motståndare Sebastian.
"Åh håll käft, det var en ren tur!" flinade Sebastian mot mig.

Jag övervägde Sebastians uttalande. Det hade slagits 11 bra tennisslag under hela matchen, och vi hade spelat i två timmar. Lyckligtvis höll jag inte koll på de dåliga skotten, för då skulle jag befinna mig i ett deprimerat tillstånd eller så hade jag kros-sat mitt racket i frustration.

Man måste alltid komma ihåg de positiva aspekterna i livet. Jag intalar mig själv att jag är en framgångsrik författare och att mina böcker har översatts till nio olika språk tack vare bokforum online. Men jag undviker att påminna mig själv om att mina böcker har inbringat mindre än en

hundralapp.

Jag kände fortfarande surret efter mitt skickliga slag och jag studerade den bleka halvmånen som sken genom molntäcket. Månen lyste ungefär lika svagt som Sebas-tians tennisförmåga.

"Sluta!" Skrek min inre röst. "Om Sebas-tian är så dålig, varför har du förlorat fem raka tennismatcher mot honom?" Fort-satte min inre röst. Jag lyssnade på denna

förnuftiga röst och drog slutsatsen att jag var tvungen att besegra det oöverstigliga hindret som stod på andra sidan nätet. Det var dags att återfå min ära som Raleigh Parks tennismästare. Eller att åtminstone vara den bästa spelaren inom min vänkrets.

"Du har rätt", erkände jag när jag skakade Sebastians hand när vi bytte sida. "Självklart. Matchens sista game. Är du redo att få panik och förlora mot tjockisen, som du alltid gör? " Flinade Sebastian.
"Nej, idag kommer att bli annorlunda", svarade jag och vi började spela igen.

Tio bollar senare, efter att ha träffat nätet, träden och grannens bil, kom möjligheten. Bollen studsade upp perfekt mot mitt racket. Jag fokuserade på att slå bollen och fick den perfekta träffen. Bollen studsade strax före baslinjen, oåtkomlig för min något orörliga motståndare. Ett vackert vinnarslag!

> "Skicklighet!" Utropade jag när mitt perfekt slagna tennisskott rörde baslinjen, utom räckhåll för min motståndare Sebastian.

Sebastian närmade sig mig och talade: "Imponerande, du vann för en gångs skull."
Jag nickade och svarade: "Ja. Och jag har många fler vinster framför mig. För det skottet min vän; är hur man bryter en förlorartrend. "

Pengatvätt vid tvättomaten.

Jag luffade runt i världen och jag hade varit i Sydney i en vecka. Ett problem som alltid uppstår när man reser, är att tvätta sina kläder så jag letade efter en tvättomat.

Jag hittade en tvättomat som verkade billig och nergången, vilket var perfekt för min budget. Jag gick in och anrättningen fångade min nyfikenhet. En tvättomat har alltid en anställd som tar betalt eller en maskin där man betalar, men jag kunde inte hitta något av dom.

Jag gick fram till en maskin för att studera den närmare. Jag är trots allt över 30 år gammal och detta kunde vara en modern anläggning där man betalar med Bitcoin, Paypal eller gud vet vad. Jag undersökte maskinen och jag blev överraskad när jag hörde en pianoton när jag tryckte på en av knapparna. Jag tryckte på de andra knapparna och de spelade andra pianotoner. Vem skulle få för sig att tillverka en sådan

tvättmaskin?

En tanke slog mig. Tänk om tvättomaten var en front för något annan. Tänk om jag kunde låsa upp en hemlig dörr genom att spela en specifik melodi. Jag log åt min löjliga idé, men jag vill fortfarande prova den.

Men vilken melodi skulle jag spela? Jag kom ihåg hur jag spelade Resident Evil på 90-talet där en av dörrarna öppnades om man spelade Månskenssonaten. Jag gick online med min telefon och jag hittade

noterna till sången och började spela med de åtta knapparna som fanns på tvättmaskinen. Till slut så spelade jag melodin rätt. Till min stora förvåning så fungerade det och en hemlig gång öppnades bakom en av tvättmaskinerna.

Jag visste att det var farligt, men jag kände mig manad att följa lönngången och ta reda på vad som fanns på den andra sidan. Jag kom till ett rum som var fyllt med olika sedlar. Uppenbarligen så hade jag stött på en pengatvättoperation dold bakom en tvättomat. Så passande! Jag stelnade till när jag såg att en kamera filmade rummet, men detta tvingade mig också att agera.

Jag förstod att skurkarna hade sett mitt ansikte och att jag behövde agera. Jag fyllde mina fickor med 100-dollarsedlar och jag skyndade mig till hotellet för att hämta mitt pass. Jag brydde mig inte om att packa mina grejer, utan jag skyndade mig till flygplatsen för att lämna landet.

Precis innan jag steg på mitt flyg till Maldiverna så tipsade jag polisen om adressen till pengatvättsoperationen. Förhoppningsvis skulle detta stoppa skurkarna från att någonsin finna mig.
För alla som fördömer mina handlingar så har jag bara en fråga:
Vad skulle ni ha gjort?

Slut

Jakten efter Pachamamas slöja.

Jag plockade upp den blanka, silvriga Pachamama-statyetten som jag hade packat ner i min repade och väderburna ryggsäck. Jag tittade på min partner Elaine, och hon nickade. Vi hade funnit vårt mål. Detta var Pachamamas heliga grav. Pachamama var en Inka-gudinna, en Zetansk utomjording som hade tagit en gudomlig form för att få mänskliga anhängare.

Jag tog upp den bläckfärgade kartan jag hade över graven. Detta var platsen som Juan Pizarro hade markerat. Men vi hade något som han saknade år 1540. Vi hade statyetten som fungerade som nyckeln till templets inre helgedom.

Jag tittade på väggen. Det fanns en öppning, formad precis som statyetten. Jag var på väg att sätta in figuren i det ihåliga facket när jag hörde Elaines röst: ”Martin, jag är rädd. Är vi verkligen avsedda att se en död gudinna? Tänk om hon inte är död?”
”Oroa dig inte, Elaine. Zetanerna är inte riktiga gudar, och om Pachamama låstes in här för århundraden sedan, så är hon död nu,” svarade jag, men min partners oro påverkade mig.

Jag drev bort min rädsla. Jag var här på ett uppdrag och jag skulle slutföra det uppdraget. Jag satte in statyetten i öppningen och jag väntade på att något skulle hända. Plötsligt rörde sig väggen och avslöjade en tunnel. Jag hörde en genomträngande röst, som väste på ett främmande språk.

”Vad är det för ljud?” Utropade Elaine.
”Det är bara en inspelning. Pachamama

använde förmodligen den för att hålla lokalbefolkningen borta," svarade jag med ett falskt självförtroende. "Hursomhelst, så har vi ett uppdrag, och jag går in!" Fortsatte jag.
"Jag går inte in där!" Invände Elaine.
"Nåja, då går jag själv," svarade jag irriterat och gick in i tunneln.

När jag gick in i Pachamama-templets inre helgedom blev jag överväldigad av en söt och skarp lukt. Var kom lukten ifrån? Jag hittade källan till den distinkta lukten i mitten av rummet, där Pachamamas kropp låg på ett altare.

Elaine närmade sig mig: "Är hon död?" frågade hon ängsligt.
"Det verkar så, men det finns bara ett sätt att ta reda på det", svarade jag.
"Men varför luktar ett lik så?" Frågade Elaine.
"Förmodligen beror

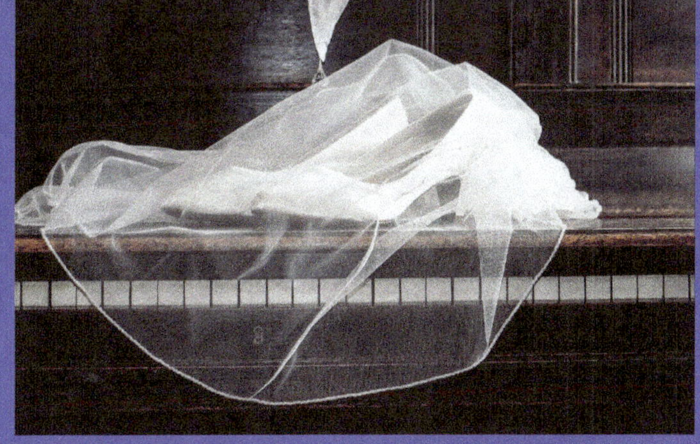

lukten på en Zetansk konserveringsteknik", svarade jag när jag gick upp till Pachamama och rörde vid hennes kropp. Kroppen, som var kall och fet, fyllde mig med äckel.

"Vad gör jag nu?" Frågade jag rösten i mitt huvud som hade följt mig sedan min incident i Nepal år 2020.

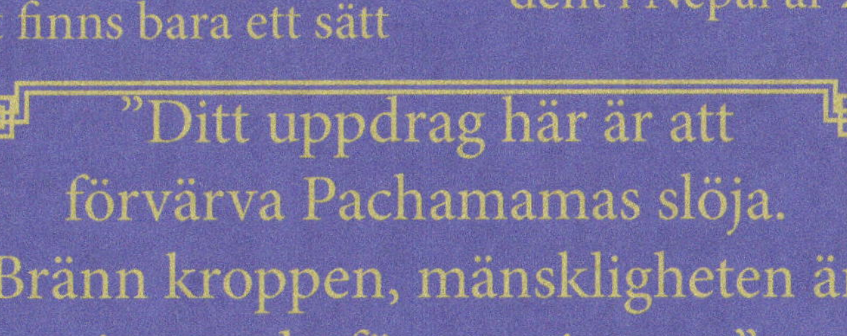

"Ditt uppdrag här är att förvärva Pachamamas slöja. Bränn kroppen, mänskligheten är inte redo för sanningen."
"Ja, kejsarinnan Rangda," svarade jag och tog slöjan.

Vi kremerade Pachamamas kropp och lämnade templet utan ett ord. Vårt verkliga uppdrag låg fortfarande framför oss!

Den första mänskliga klonen.

Jag heter Martin Orchard och jag arbetar vid en hemlig forskningsanläggning. Officiellt arbetar vi med stamcellsteknik för att bota cancer, men i hemlighet utvecklar vi kloningsteknik, så att företagets mystiska ägare kan leva för evigt och byta kropp när den nuvarande kroppen blir utsliten.

Jag skannade min iris för att få tillgång till den hemliga kloningsavdelningen i vårt forskningslaboratorium och jag träffade min excentriska handledare, Frank Van Stein. Han studerade ett levande foster som växte i en behållare som emulerade förhållandena i en mänsklig livmoder. Jag studerade honom nervöst och han närmade sig mig. "Kloning ..." sa han och pausade en stund innan han pratade igen. "Det är en vacker och hemsk sak, och bör därför behandlas med stor försiktighet."

"Citerar du Voltaire igen?", Frågade jag.
"Nej, jag citerar Harry Potter", svarade han.

Jag var tyst ett tag. Varför citerade min mentor Harry Potter?

Frank talade igen: "Titta, detta är det femte barnet till vår mystiska välgörare. Det första barnet som är en klon av honom. "
"Så ...Han har aldrig gjort något liknande förut?" Frågade jag.
Frank rynkade på pannan och svarade med en irriterad ton. "Säger du det uppenbara igen?"

Jag kände mig orolig för att förarga min handledare. Men jag behövde veta mer, jag hade arbetat här i sex månader och jag famlade i mörkret. Vem jobbade vi för? Hur hemlig var vår forskning? Vad var vårt slutmål? Känslorna bubblade inom mig och jag kunde inte hålla tyst längre.

"Frank, du måste vara ärlig mot mig. Vad händer här?" Sa jag.

"Jag kan inte säga något. Den informationen är hemligstämplad." Svarade Frank. Jag blev arg på Franks svar och utbrast. "Antingen berättar du vad som händer, eller så säger jag upp mig."
"Du kan inte sluta.", Vädjade Frank.
"Jo, det kan jag!" Svarade jag, och innan Frank hade tid att säga något, fortsatte jag, "Så hur blir det, va?"

Frank tog ett djupt andetag och svarade:
"Du är …"
"Jag är vad?", Frågade jag.
"Du är chefen för detta företag, Martin," svarade Frank.
"Vad pratar du om?" Frågade jag.
"Följ mig", sa Frank, och jag följde honom till rummet med den högsta säkerhetsnivån. Där såg jag min döda kropp i en behållare.
"Vi perfektionerade kloningstekniken för många år sedan, och du dog i en olycka förra året. För sex månader sedan föddes

din klon på nytt, men med en annan persons minnen implanterade." Förklarade Frank.

Jag fick panik när jag studerade min döda kropp och mitt huvud snurrade. Plötsligt svartnade det för mina ögon.

När jag vaknade låg jag i sängen bredvid min vackra fru. Hon log mot mig och talade: "God morgon, Daniel. Vad vill du ha till frukost? "

Slut

> "Vi perfektionerade kloningstekniken för många år sedan, och du dog i en olycka förra året."

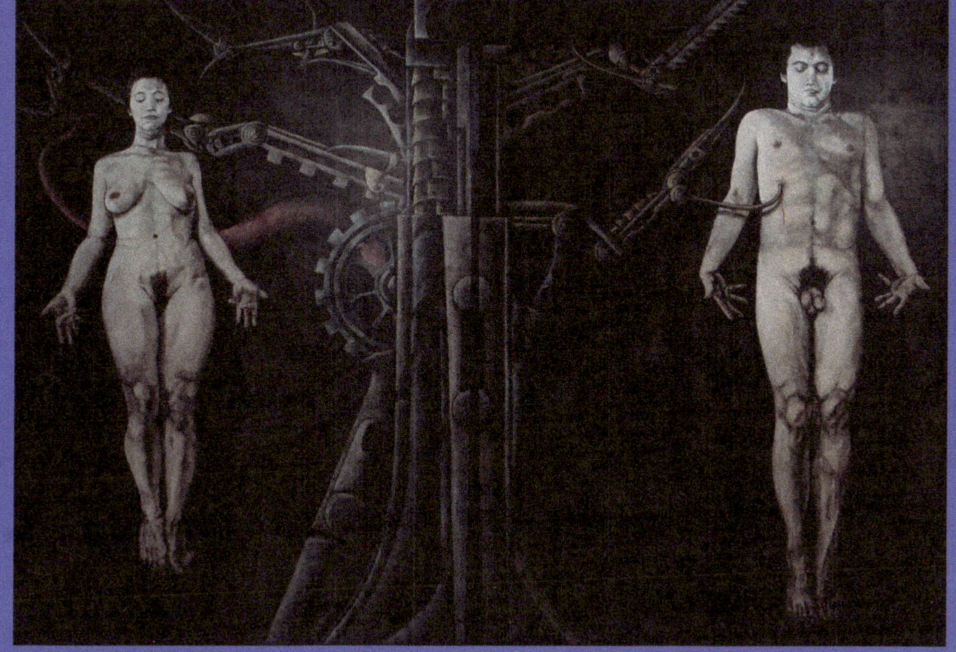

Borgmästaren i Majonäsby.

”**K**rim-krams och värdelösa souvenirer.” Jag stirrade misstroget på skylten och insåg att jag läste den rätt första gången. Äntligen en butiksägare med lite självdistans, tänkte jag och gick in i den lilla butiken. Jag hade rest till Nya Zeeland med min partner Elaine och jag kunde höra henne utropa: “Gå inte in i en butik med den skylten, de kommer inte ha något bra att sälja.”

Jag ignorerade förnuftets röst och gick in i affären. Jag kontaktades av en man som såg ut som en av hobbiterna från Sagan om Ringer-trilogin. Han var fyra fot lång, med en spektakulär mustasch och med beteende från 1800-talet.

”Wow, en äkta nya zeelänning,” tänkte jag när han närmade sig med en burk majonnäs i handen.
”Borgmästarens kaos-majonnäs”, sa mannen och visade mig majonnäsburken.
”Varför kallas den så, och varför skulle jag vilja ha en burk majonnäs?” Frågade jag förvirrat.
”Den kallas så för att jag är borgmästare i

den här staden. Den här staden är känd för sin majonnäs, och jag kommer att orsaka kaos om du inte provar den och köper den,” sade den hobbit-liknande mannen.

Jag tittade på mannen för att förstå huruvida detta var ett nya zeeländskt skämt, men han stirrade tillbaka med ett allvarligt ansikte, utan att en antydan till ett leende. Jag hade ingen nytta av en burk majonnäs, men kanske kunde jag köpa något annat. Jag såg mig omkring och till min bestörtning sålde butiken bara majonnäs!

Mannen stampade otåligt med majonnäsburken obekvämt nära mitt ansikte. ”Uhm, hur mycket kostar en burk?” Frågade jag osäkert.
”Ah, äntligen en kund!” Sa mannen och log med ett brett tandlöst flin. “Denna utmärkta majonnäs kostar bara 20 dollar.” Svarade mannen stolt.

20 dollar för en burk majonnäs, vilket rövarpris! Och jag behövde den inte ens.

”Jag är inte intresserad,” sa jag och tog några steg från mannen. ”Förolämpa inte

denna by och orsaka borgmästarens vre-
de!” Varnade mannen med en fientlig röst.
Efter det drämde han glasburken i golvet
och stänkte majonnäs på oss båda.

”Bäst att sticka!”, Tänkte jag och sprang
mot utgången. Jag jagades av den arga
hobbiten och glömde att se mig omkring
när jag lämnade butiken. Jag snubblade
och föll huvudstupa ner i en uppblåsbar
pool fylld med majonnäs.

När jag reste mig upp hörde jag en väl-
bekant fras: “Överraskning, du är med i
dolda kameran!” Jävla
nya zeeländare! Ly-
ckligtvis finansierade
royaltyn från min
kortlivade Tv-karriär
ytterligare en veckas

resande, och jag fick se mer av den vackra
vildmarken i landet, långt ifrån Nya Zee-
lands befolkning.

Hittills har min partner Elaine inte slutat
skratta!

> ”Förolämpa inte denna by och
> orsaka borgmästarens vrede!” Var-
> nade mannen med en fientlig röst

Biblioteksupptåg.

Jag var på det lokala biblioteket och planerade att arbeta med en skoluppsats när syratrippen började.

Jag ställde mig i kön till cafeterian, där en namnlös barista, klädd som en cowboy, använde en kaffemaskin. Jag stirrade på baristans smutsiga sex-fingriga händer. Plötsligt hörde jag en kraftig smäll och kaffemaskinen gick sönder.

"Jag beklagar, herrn, men kaffemaskinen är trasig." sa baristan.
"Är det här ett spel för dig? Jag behöver mitt kaffe!" Väste jag mot baristan.
"Jag är ledsen, men vår kaffemaskinreparatör missade sitt tåg, och jag vet inte hur man fixar maskinen." Ursäktade baristan.
"Men det måste finnas någon med lämpliga färdigheter?" Frågade jag.
"Vad sägs om att du försöker?" föreslog baristan.

Detta var ett märkligt förslag. Jag vet inte hur man fixar en trasig kaffemaskin, särskilt inte när jag syratrippar. Men jag insåg att detta måste vara den gudomliga planen, så jag gick med på förslaget.

"Okej. Jag accepterar din utmaning. Jag fixar din kaffemaskin på två villkor." Sa jag.
"Snälla berätta för mig. Här är en lång kö av arga författare med koffeinabstinens, och jag fruktar för min säkerhet!" Vädjade baristan.
"Först måste vi skapa rätt in stämning. Ändra bakgrundsmusiken till Cupid's letters av Beige Backpack." Begärde jag.
"Är det en riktig låt eller driver du med mig?" Svarade baristan.
"Du hittar den på YouTube", svarade jag

och insåg att det var dags för världen att uppleva min exceptionella musikaliska skapelse.

"Jag hittade den." Sa baristan. Han slog på låten och gav mig en obefogad ogillande blick. Det var uppenbart att han var en man som inte uppskattade bra musik.

"Ah. Musik i mina öron!" Svarade jag och log lyckligt.

"Okej, ditt psykfall. Vad är din andra begäran för att fixa den jävla maskinen?" Gnällde baristan.

"Jag vill att du öppnar denna burk med fisk." Svarade jag och gav baristan en burk med den ökända svenska maträtten, surströmming.

Baristan öppnade burken och den ruttna lukten fick honom att springa till toaletten. Sicken vekling! Jag luktade på den ökända rätten, insåg att jag inte var hungrig längre, och jag lämnade fisken orörd.

Jag hoppade över disken för att börja min karriär som kaffemaskinreparatör. Jag såg en bra karriär framför mig, men allt blev till intet när jag svimmade.

Jag vaknade några timmar senare i polisförvar. Tydligen hade min burk med surströmming orsakat rädsla för en kemisk terroristattack eftersom australierna inte är vana vid lukten. I stället för att bli dagens hjälte fick jag rejäla böter för vandalisering av en kaffemaskin. Så mycket för att försöka hjälpa till!

> Min burk med surströmming orsakat rädsla för en kemisk terroristattack eftersom australierna inte är vana vid lukten.

Den maskerade hämnaren.

Ace Marcel Perouse såg ut över den soliga Kungliga Botaniska Trädgården i Sydney i skuggan av ett Jakaranda-träd. Ace kände sig som en dåre. Varför var han ute under den stinkande varma dagen, när det var trevligare att sova i ett mörkt rum med luftkonditioneringen på full effekt?

Marcel var både lättad och frustrerad över faktumet att han inte kunde svettas. Om han svettades skulle hans svarta Kashmir-kostym, balsalskor och vita handskar, stora hatt och operamask alla bli dyngsura på grund av hans intensiva svettning. Men åtminstone skulle hans outhärdliga kroppsvärme försvinna.

Marcel märkte hur folk stirrade på honom när de gick förbi. Han hade valt en olämplig klädsel för att smälta in, men det var inte hans fel. Aces speciella förhållande till speglar gjorde honom omedveten om sitt utseende.

Marcel gav människorna en rovdjursblick, men han var för svag för att slåss mot flera människor i detta tillstånd. Om de utsatte hans hud för den hemska solen skulle det vara slutet på honom.

"Jag måste härifrån!" Tänkte Marcel och han sprang till en tom del av parken. Under sprinten utsattes en liten bit av hans nacke för solen, och detta orsakade honom smärta. "Fortsätt spring. Bara lite längre" upprepade Marcel för sig själv.

Marcel nådde en avskild del av parken. Han hittade skugga under ett träd och han kollapsade på marken. Ace önskade att han inte var ensam i världen, att någon skulle komma för att lindra hans smärta.

Marcel hörde en kvinnlig sjunga. "När
dagen blir natt, kommer vi alla förenas.
Vi kommer finna harmoni mellan mörker
och ljus." Marcel kände sig fridfull. Hans
visioner hade visat honom att det enda
sättet att stoppa hans hunger var att äta
under dagen.

Marcel studerade källan till musiken. En
vitklädd kvinna sjöng framför en spegel.
Marcel smög mot den intet ont anande
kvinnan. Han gjorde sig redo att dricka
hennes blod och avsluta den förbannelse
som gavs honom. Marcel blev distraherad
när han tittade på
kvinnans reflektion i
spegeln, eller snarare,
avsaknaden av den.

> "När dagen blir natt, kommer
> vi alla förenas. Vi kommer finna
> harmoni mellan mörker och ljus."

Marcel tog ett ljudligt
andetag och kvinnan vände sig om.
"Jessica Lockhart?" Utropade Marcel.
"Ace Marcel Perouse! Jag visste att du
skulle komma. " Svarade Jessica.
"Vad händer?" Frågade Marcel.
"Det är dags att lyfta förbannelsen från den
ödesdigra dagen." Svarade Jessica.
"Men hur kan du utsätta din hud för so-
len?" Frågade Ace.
"Jag blev inte en vampyr. Jag blev en ängel.
När du lider under solen, lider jag under
månen. " Förklarade Jessica.
"Så vad gör vi nu?" Frågade Marcel.
"Kyss mig som när vi var älskare, för att
avsluta förbannelsen!" Vädjade Jessica.

Ace gjorde som Jessica begärde och när de
kysstes förvandlades de båda till damm.
Således uppfyllde de sitt bröllopslöfte från
århundraden tidigare, genom att stanna
tillsammans till slutet!

Martins uppdrag i Kina.

H

Jag stelnade till när jag hörde en kvinna med kinesisk accent skrika åt mig. Det förvånade mig att kvinnan skrek till mig på svenska, men jag antog att hon visste vem jag var. Jag vände mig om, och tittade på den kvinnliga vakten som stod framför mig i detta hemliga kinesiska laboratorium. Kvinnans läderaktiga hud avslöjade att hon var drabbad av det fruktade Hei Bai Viruset.

"Du inkräktar på statlig egendom!" Skrek kvinnan.
"Och ändå så sköt du mig inte i ryggen." Svarade jag sarkastiskt.

Den kvinnliga vakten rynkade på pannan och riktade sitt gevär mot mig. Jag bet mig själv i läppen. Jag borde inte vara så sarkastisk när jag befann mig i fara, men varför

frukta döden?

Kvinnan sänkte sitt vapen och svarade. "Jag skulle aldrig skjuta den berömda Martin Qvist. Du är min hjälte. Jag älskar hur du räddade världen från mannen med de gyllene tänderna."

Jag drog en suck av lättnad. Även om jag var en usel hemlig agent, då hela världen visste vem jag var, så hade min berömmelse räddat mitt liv.

"Tack. Ja det var verkligen ett äventyr att rädda världen från Josef Guldtands ondskefulla plan.
"Ja verkligen! Jag heter Li-Na Peng och jag är ditt största fan!" Svarade Li-Na.
"Qvist, Martin Qvist. Jag hade vanligtvis skakat din hand, men…" Svarade jag och tittade på kvinnans hand som var full med utslag.
"Jag förstår. Är du här för att stjäla en cylinder med viruset?" Frågade Li-Na.
Det var meningslöst att ljuga med tanke på omständigheterna, så jag svarade. "Ja. Vet

du var jag kan hitta viruset?”
”Ja. Kom med mig.” Svarade Li-Na.

Li-Na öppnade en dörr och vi gick igenom
en trång korridor. Vid slutet av korridoren
så skannade Li-Na sina ögon vid en ögon-
scanner. En dörr öppnades och vi steg in i
det hemliga labbet där viruset lagrades.
”Vänta ett tag så kopierar jag viruset åt
dig.” Sa Li-NA

Jag studerade min spegelbild med hjälp
av en silveraktig statyett. Min frack satt
perfekt och den var fortfarande fläckfri.
Även om det verkade dumt att vara klädd
i frack istället för att
på mig skyddskläder,
så hade mitt klädval
och min berömmelse
räddat mitt liv, samt
övertygat Li-Na att
hjälpa mig.

”Statyetten föreställer
min pappa, Ordförande Jing Peng. Han
spred viruset genom att förgifta vår ho-
nung.”
”Han borde ha varnat dig om sin ondske-
fulla plan. ”Påpekade jag.
”Varför tror du att jag hjälper dig?” Väste

Li-Na.

Datorn plingade till och virussyntesisaren
släppte ut en behål-
lare med viruset i
vätskeform.

”Varsågod. Ta denna
behållaren. Skapa ett
motgift och rädda
den kinesiska be-
folkningen från min
faders tyranni” Väd-
jade Li-Na

> ”Jag skulle aldrig skjuta den berömda Martin Qvist. Du är min hjälte. Jag älskar hur du räddade världen från mannen med de gyllene tänderna.”

Ett larm startade och en grupp arga kom-
munister svärmade in och började skjuta
mot mig. Lyckligtvis så räddade handlin-
gen mig, och jag sköt enkel vakterna med
min lilla, men synnerli-
gen effektiva pistol. Li-
Na var inte skyddad av
handlingen och hennes
sista ord in hon dog var.
”Martin! Rädda Kina!”!

Evigheten kan vänta.

Mark Silver körde sin Mercedes, som hade samma färg som hans efternamn. Mark tänkte på sin fru Joanna. Hon hade sagt till honom att inte brådska och stanna inomhus tills den farliga stormen var över. Men Mark kunde inte stanna kvar hemma. Marks fru var på BB, och han skulle inte missa att dela den här upplevelsen med henne.

Fylld av orolig förväntan märkte Mark inte att det kraftiga regnet hade orsakat ett jordskred. Bilen träffades av jordskredet och föll över kanten på en klippa.

En träff i huvudet gjorde att Mark tuppade av. Träffen påminde honom om hans korta tid som en boxare för ett välgörenhetsevenemang.

När Mark återfick medvetandet insåg han den fruktansvärda sanningen. Han hade inte vaknat i en boxningsring omgiven av en vacker balsal. Istället satt han fast i en sjunkande bil.

Mark försökte komma ut ur bilen, men bilens premiumfunktioner fungerade inte.

Flera krockkuddar fäste honom på plats och han kunde inte öppna fönstren på grund av ett elektriskt fel. ”Jävla bil, varför finns det inte en manuell spak för fönstren?” Var Marks sista tanke innan allt blev svart.

“Välkommen, Mark!”
Mark hörde den svaga rösten hos en mild gammal kvinna som hälsade på honom. Mark öppnade ögonen. Han befann sig i en vacker trädgård som liknade Edens lustgård.

“Är jag död?” Frågade Mark.
Den gamla kvinnan skakade på huvudet och svarade. ”Var inte löjlig. Döden är ett icke-sensoriskt tillstånd, precis som att aldrig födas. ”
“Så, vad är det här stället?” Frågade Mark.
”När en person dör förblir hjärnan aktiv i flera minuter. Syreberövning och brist på sensorisk input skapar ett högre medvetande. På grund av bristen på sensorisk inmatning kan dessa minuter kännas som för alltid. ” Avslöjade kvinnan.
“Och vad händer när jag dör?” Frågade Mark.
”Då vet du inte om det. Du kan inte uppleva din egen död. Det är en självmotsägelse! ” Svarade kvinnan.

"Okej. Så vem är du, och vad mer kan du berätta om den här platsen? " Frågade Mark.
"Jag är en avatar för din djupaste medvetenhetsnivå. För dig är jag Gaia, men jag kan ha vilken form som helst. " Svarade kvinnan.
"Och vad kommer att hända med min fru och mitt barn?" Frågade Mark

Gaia pausade och hon tog ett djupt andetag innan hon svarade. "Mark. Du är steril och du kan inte få barn. Du vet om detta. När det gäller barnet som din fru föder, så har du stängt ditt hjärta för henne." Svarade Gaia.

När han hörde detta fylldes Mark med ilska och han utbrast. "Den jävla horan! Jag visste att hon var otrogen mot mig. "
Gaia skakade på huvudet, tog tag i Marks hand och såg honom i ögonen. Mark blev lugnare. Det fanns ingen anledning att äntra i efterlivet med vrede i hjärtat.

"Du gav Joanna ett omöjligt val. Du längtade efter ett barn fastän du var steril. Hon gjorde vad hon kunde för att göra dig lycklig. " Förklarade Gaia.
Mark var på väg att svara när hans syn började flimra.
"Dör jag?" Frågade Mark.
Gaia skakade på huvudet och allt blev svart.

Framväxten av ett starkt vitt ljus fick Marks ögon att svida. Han vaknade och medicinsk personal omringade honom.
"Han lever! Det är ett mirakel!" Utropade en av läkarna. Mark kände sig yr och svimmade igen.

Joanna och hennes nyfödda dotter, Jasmine, besökte Mark senare samma dag. Mark visste vad han var tvungen att göra. Gaia hade inte väckt honom till liv för ingenting.

"Joanna, jag vet att Jasmine inte är min biologiska dotter!" Utbrast Mark.
Joannas ansiktsuttryck förändrades och hennes leende försvann.
"Jag älskar dig fortfarande, Joanna. Jag vet om min infertilitet. Jag förnekade den tidigare, men jag inser varför du gjorde vad du gjorde. Jag vill älska dig och Jasmine som min egen dotter om du tillåter mig? " Frågade Mark.

Joanna svarade inte. Det fanns inget behov av ord och de snyftade i varandras armar. De hade båda fått ett nytt liv i dag och de skulle älska varandra och deras dotter mer än någonsin.

Ödets lyckokast räddade pyromanen.

3 :00, 2:59. 2,58

Jag tittade på timern för bomben som jag hade apterat vid Blackwater-kraftverket. Det var dags. Jag, Samuel Thistlethwaite, kunde inte leva med min hemlighet längre. Några år tidigare hade jag startat en av de många skogsbränder som härjade under 2019. Mitt fruktansvärda brott förstörde min hemstad Honeywood och dödade min enda sanna kärlek, Sally Swallow.

Jag hade hållit mitt brott hemligt genom åren. Istället hade jag skapat en ny identitet och lärt mig att använda lögner för att komma vidare i livet. Lögnerna hade lett mig till toppen. Åtminstone till toppen av Blackwater. Som borgmästare för staden hade jag övertygat mina väljare om att det bästa sättet att undvika framtida skogsbränder var att hugga ner de närliggande skogarna. Mina handlingar hade hållit Blackwater säkert, även om de hade utrotat de svarta kakaduorna. Ett rimligt offer hade jag tänkt då, eftersom det fortfarande fanns vita kakaduor kvar.

En dag hade jag haften uppenbarelse när jag såg en bortglömd teckning av Sally som matade en svart kakadua. Jag hade insett meningslösheten i mitt liv. Jag hade inte bara orsakat min älskades död, utan jag hade också dödat de djur som hon älskade. Och av vilken anledning?

Jag hade insett att det enda sättet att sona för mina brott var att döda mig själv och förstöra det smutsiga kraftverket. Förstörelse var det enda jag visste, så åtminstone kunde jag förstöra hemska saker för att skapa en bättre värld.

1:00, 0:59, 0:58

"Twinkle Star, var är du?" Hörde jag en ung flicka ropa.
Jag insåg att jag hade lämnat dörren öppen och att en ung flicka letade efter sitt husdjur i det övergivna kraftverket som var på väg att explodera. Jag vände mig om och en tam svart kakadua satt på min axel. "Desarmera bomben! Desarmera bomben!" Kraxade kakaduan

Jag gick ner på knä och desarmerade

bomben

Flickan såg mig. "Åh, där är du, Twinkle Star." Utropade hon glatt.
Så fort jag såg henne skrek jag: "Vad gör du här, lilla flicka! Det här är ingen plats för barn."
"Jag är ledsen, dörren var öppen och min fågel flög in. Min mamma väntar utanför. " Svarade flickan och hon sprang ut. Jag jagade flickan och jag kom utanför kraftverket. Där såg jag henne, Sally, med ansiktet täckt av tredje gradens brännskador.

"Sally, du överlevde branden?" Utbrast jag.
"Ja, jag har hållit mig borta", svarade Sally.
Jag föll ner på mina knän. "Jag är ledsen, Sally. Jag startade branden som skadade dig år 2019." Sa jag.
"Jag vet, men jag är döende, och Ciri behöver sin far." Hostade Sally och sedan

kollapsade hon.

Jag tröstade Ciri. Även om det var en hemsk dag hade ödets lyckokast räddat mitt liv och gett mig ett syfte att fortsätta.

Slut

‘**D**u står på tur!’

Jag skrev färdig ett brev med blodet från min fallna fiende. Jag lade hennes avhuggna finger tillsammans med brevet i ett kuvert som jag skulle skicka till min största fiende. Jag skulle skicka brevet till den röda diktatorn på nordpolen, även känd som jultomten.

Jag hade fötts in i slaveri. Jag visste inte ens vem mina föräldrar var. Sådan var situationen för älvorna som arbetade i den röda diktatorns hemliga arktiska anläggning. För omvärlden var jultomten en myt, men för mig och mina förslavade älvor var han en brutal verklighet.

Naturligtvis insåg de flesta av oss inte verkligheten. Annars skulle vi ha gjort uppror för århundraden sedan. För de flesta av mina medälvor tjänade vi ett syfte. Vi arbetade outtröttligt som ett kollektiv och

gjorde presenter för att belöna väluppfostrade barn. Men när belönades VI? Vem såg efter våra förhoppningar och drömmar?

Det hade varit lättare förr om åren. Under de första 300 åren av mitt liv visste jag inte om något annat. Vi hade dagliga sammankomster, där vi bildade linjer och sjöng julsånger där vi berömde vår stora röda diktator. Jag insåg att jultomten hade använt samma propagandataktik som Hitler och Kim Jong-Un hade använt för att hjärntvätta sina befolkningar.

Min upplysning hade kommit på grund av en slump. Vi älvor fick inte leka med leksakerna som vi producerade. Men en dag stötte jag av misstag till en av gåvorna från transportbandet. När jag tog upp den lade jag inte tillbaka den på bältet. Jag kände mig manad att ta reda på vad det var.

Jag hade sagt till min förman att jag var sjuk och att jag inte kunde arbeta. Detta var ett farligt val. Om jultomten ansåg mig vara förbrukad skulle han kasta mig ut till den arktiska kylan utanför. Där ute skulle jag dö av hypotermi eller bli uppäten av en isbjörn. Men jag var tvungen att veta vad den här enheten var.

Jag slog på surfplattan och klickade på olika länkar. Världen var vacker och den innehöll så mycket att se. Så många platser som jultomten aldrig hade låtit mig se. Barnen som vi tjänade levde mycket lyckligare liv än vi gjorde, förslavade av vår fruktansvärda röda diktator.

Jag hade fötts in i slaveri. Jag visste inte ens vem mina föräldrar var. Sådan var situationen för älvorna som arbetade i den röda diktatorns hemliga arktiska anläggning.

fiende.

Jag insåg att jag inte skulle komma levande ur det här. Min fiende var en kraftfull varelse med tidsstoppande förmågor, som kunde leverera miljontals gåvor på en enda natt. Jag var bara en maktlös tjänare. Det spelade ingen roll längre. Det var dags. Jultomten måste dö!

Idag hade jag bestämt mig för att agera. Det var nu eller aldrig. Jag hade lockat tomtemor i en fälla under förvändningen att jag organiserade korvgrillning. Hon låg död utanför vårt hemliga komplex, gömd i den arktiska natten. Men jag behövde konfrontera min värsta

Melchriess uppgång och fall.

S^{tänk*}

En vattenballong fylld med gult pigment träffade syster Cherise de Mont Blanc i bakhuvudet. Detta avbröt henne när hon bad till en ikon av st. Martin i en liten helgedom i de franska alperna.

"Ha-ha. Du ser ut som en citron!" Retade den lokala skurken Jacque de Ville de Mer. "Kära far, snälla ge mig styrkan att hålla tillbaka demonen som lurar inom mig." Mumlade Cherise. Hon visste att hennes böner var förgäves. Cherise hade blivit bli den viktigaste exorcisten i sin region, och hon hade fördrivit dussintals demoner under de senaste åren. I motsats till allmänhetens uppfattning var detta inte ett tecken på gudomlig välsignelse. Det var ett bevis på det motsatta. Cherises talang för exorcism berodde på att hennes inre demon var så stark.

"Se inte så arg ut, Cherise. Det är bara ett skämt och den här färgen kommer att bli lätt att tvätta av," skämtade Jacque.

Cherise tog ett djupt andetag men svarade inte. Varför var det så svårt att kontrollera demonen?

Jacque närmade sig Cherise och han började lossa hennes förkläde. "Så, så, Cherise. Låt mig hjälpa dig att ta av dig de här våta kläderna medan jag gör några andra delar våtare." Förförde Jacque.
"Vi borde inte. Tänk om någon ser oss?" Invände Cherise.
"Tsk, Tsk. Rädslan för upptäckt är en extra krydda." viskade Jacque.

Cherise gav efter, hon tog bort hårbandet och släppte ut håret. Det var dags att omfamna den inre demonen.

Jacque drog ner Cherises byxor och han knullade henne som om han var besatt, vilket han var. Cherises inre demon såg till det. När Jacque kom, vände sig Cherise om och bet av Jacques hals med sina skarpa tänder.

Detta var nyckeln för att demonisen Melchriess skulle släppas fri. Melchriess var demonen för partnerdråp och när

Cherise dödade Jacque efter sex hade hon återvänt till vår värld. Melchriess tömde Cherises livskraft och hon lämnade den livlösa nakna kroppen bredvid Jacques.

"Hur vågar du vanhelga min helgedom, din vidriga demon?" Melchriess vände sig om. St. Martin-spöket hade dykt upp några meter bakom henne.

"Bah, hur vågar en svag ande störa mig?" Hånade Melchriess.
"Du glömmer var du står. Den här helgedomen gör mig mäktig." Svarade Martin.
"Bah, skyddshelgonet för de fattiga, kontra demonen för partnerdråp. Skrattretande!" Hånade

Melchriess.
"Medkänsla gör mig stark." Utropade Martin och gav den förvirrade Melchriess en kram.

"Jag är redo, herre!" Viskade Martin. Ett blixtnedslag slog ned i hans kropp, förångade både helgonet och demonen, samt kollapsade helgedomen.

Detta var vad jag, Michael de Baloo, bevittnade när herren förstörde vår helgedom.

Slut

Teokrati med ljusglimtar.

"F em, fyra, tre ..."
"Vänta, jag berättar vad som hände!" Bad jag rektor Agnes.
"Okej, Sandra. Berätta för mig vad dessa piller är!" Uppmanade Agnes.

Detta var ett dilemma för mig. Under Överstepräst Mitchell Cent var preventivmedel olagliga i USA, eftersom sex var endast tillåtet för fortplantning. Detta hindrade inte preventivmedel från att översvämma gränserna, och det hade ersatt kokain som den största olagliga importen till USA.

"Det här ser ut som preventivmedel. Hädelse mot Guds vilja!" Anklagade Agnes.

Jag grät. Jag behövde känna närhet och ha sex med min pojkvän, Andrew, men jag var bara 17 och jag kunde inte bli gravid. Jag drömde om att gå på college, resa och försörja mig själv. Jag hade ingen önskan att stanna hemma, reducerad till en maskin för barntillverkning medan AI och automatisering gjorde allt arbete i samhäl-

let.

"Men rektor Agnes, hade du inte sex i din ungdom? Kändes det inte bra att ha rätt till din egen kropp?" Vädjade Jag.
"Jo. Men det var under de medborgerliga friheternas dagar. När Överstepräst Cent kom till makten förändrades saker och ting. Vi insåg att sex för icke-reproduktionsändamål var en förolämpning av den naturliga ordningen. Det är därför vi ersatte de gamla lagarna med översteprästens religiösa dekret." Avslöjade Agnes.
"Men tyckte du inte om sex i din ungdom utan att oroa dig för graviditet?" Frågade jag.

slag

Mitt ansikte sved och blev rött när Agnes slog mig med ett överraskande kraftfullt slag. Trots att hon var över 70 år gammal och svag, fick rektor Agnes mycket styrka från sin religiösa iver.

Jag bet mig i tungan och jag fruktade att hon skulle ta upp telefonen och anmäla mig till den religiösa polisen. Istället förvånades jag när Agnes började gråta. Jag kunde jag inte hindra mig själv från att krama min åldrande plågoande och trösta henne.

"Så, så, allt kommer att bli okej." Viskade jag.
"Jag brukade vara som du." Snyftade Agnes.
"Berätta vad som hände?" Uppmuntrade jag.
"Jag njöt av sex med preventivmedel tills jag var 27. Vid den åldern ville jag få barn med min man John. Det var då jag fick reda på min livmoderhalscancer. Nu är jag gammal, ensam och utan barn eller barnbarn. Detta hände för att jag ägde mig åt ogudaktigt beteende i min ungdom." Berättade Agnes.
"Men du behöver inte vara ensam. Mina farföräldrar är döda. Du kan vara min adoptivfarmor." Föreslog jag.
"Skulle du tycka om det?" Frågade Agnes.
"Ja, både Andrew och jag skulle gärna vilja delta på söndagsmiddagar med dig." Sa jag.
"Gud välsignad! Jag har äntligen barnbar-

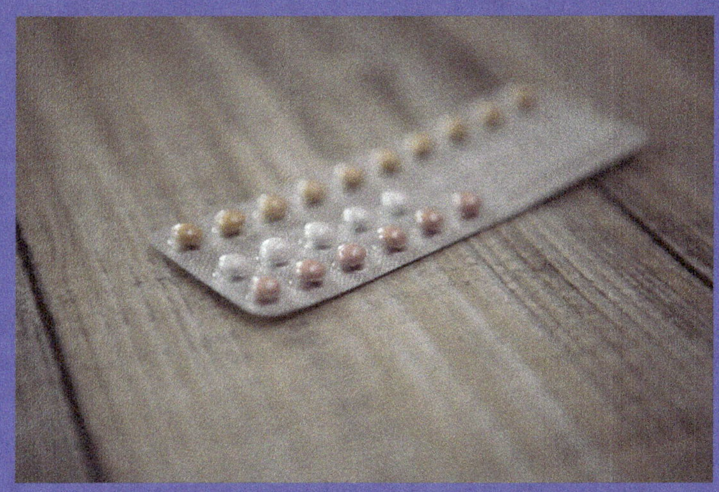

net jag alltid har velat ha. Jag förser dig med preventivmedel. Så länge vi ber varje söndag." Svarade Agnes.

Jag nickade och log. Även om jag inte tyckte om att be, hade rektor Agnes gått med på att skydda mig och för tillfället kunde jag leva mitt liv. Det fanns ljusglimtar med allt.

"Jo. Men det var under de medborgerliga friheternas dagar. När Överstepräst Cent kom till makten förändrades saker och ting. Vi insåg att sex för icke-reproduktionsändamål var en förolämpning av den naturliga ordningen.

Slut

Jenga på liv och död.

"Att flytta närliggande block är det bästa sättet att bygga momentum i Jenga." sa jag när jag drog ut ett träblock från det jättelika Jenga-spelet som var mittpunkten i lokalen och placerade det bredvid ett annat block. "Vad i helvete pratar du om, puta?" Väste den bolivianska kartellmedlemmen Amanda Ramirez.

Jag studerade min tatuerade fångvakterska. Hon hade en het kropp och några häftiga tatueringar. Om det inte vore för macheten i hennes hand, pistolen instoppad i hennes byxlinning och den arga blicken i ansiktet, skulle jag gärna ha deltagit i sovrumsgymnastik med henne.

Då mitt namn är Paula Puther och jag är syster till den erfarna australiensiska agenten Martin Puther, är jag van vid fara. Men jag har aldrig satt mig i trubbel på det här sättet förut. Jag var i Bolivia och jag kom för sent till min båttur vid Titicaca-sjön efter att ha ätit för mycket av den

lokala specialiteten, salteñas bakverk.

När jag klandrade mig själv för mitt frosseri och min dåliga tajming, hörde jag några fantastiska beats från en närliggande klubb. "Vete maricon!" sa Amanda, vilket tydligen inte betydde "Kom in, vi är öppna."

Trots våra språkliga svårigheter slutade det med att vi spelade Jenga för att fördriva tiden. Amanda väntade på att hennes chef skulle berätta om hon skulle döda mig eller inte, medan jag väntade på att min oemotståndliga charm skulle slå till. Jag hoppades att min charm skulle få oss att samverka i stället för att mörda varandra.

Min charm verkade inte fungera särskilt bra den här dagen, och tornet verkade farligt nära att falla. Vad kunde jag göra för att rädda dagen? Jag kom ihåg att jag såg tv-serien Lucifer under koronavirusstängningarna, och jag bestämde mig för att prova hans teknik på min arga men sexiga kidnap-

pare. Jag stirrade in i hennes ögon och frågade. "Amanda, berätta för mig. Vad är det du önskar? " Jag stirrade in i hennes ögon i flera sekunder och hoppades på det perfekta resultatet. Det hände inte.

Min läskiga blick förargade Amanda och hon skrek: "Sluta stirra mig i ögonen, jävla flata!"

Jag tänkte be om ursäkt, men jag blev avbruten när Amandas chef ringde till henne. Jag förstod inte mycket av hennes telefonsamtal, men ett ord stod ut: 'Matarla'.

Jag insåg att jag inte skulle bli få till det idag och bestämde mig för att lämna.

När hon såg detta svingade Amanda sin

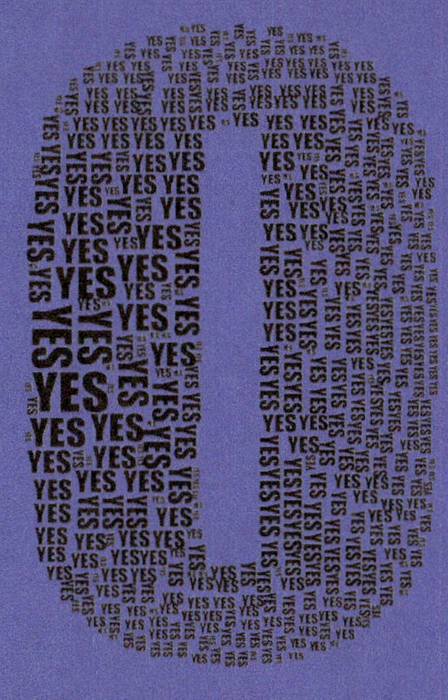

machete efter mig. Jag undvek hennes sving och jag knuffade in henne i det jätte Jenga-spelet och fick det att kollapsa över henne. Detta slog ut henne och jag var fri att gå.

> Min läskiga blick förargade Amanda och hon skrek: "Sluta stirra in i mina ögon, jävla flata!"

Jag funderade på att vara en trevlig tjej och ta hand om min utslagna fiende, men jag föredrog att komma härifrån levande. Jag gick mot dörren, och innan jag lämnade utropade jag "Jenga!"

Slut

Från en begravning till ett bröllop.

"**N**ej! Dominic, varför var du tvungen att dö?" Utropade Lisa och slog till hans kista framför den fyllda församlingen.

Dominic Morell var en berömd komiker och Lisa hade antagit att han skämtade när han ringde från sjukhuset för att berätta att han var döende. Han hade påstått att han var döende av den upphaussade influensan som regeringen använde för att få kontroll över de okunniga massorna.

Men här var hon och deltog i begravningen av sin förlovade, och värst av allt var att begravningen skedde samma dag som deras planerade bröllopsdag.

Dominic hade velat att saker och ting skulle vara så. Hans sista ord under Zoom-mötet hade varit: "Se till att använda vår

bröllopsdagbokning för min begravning. Jag vill inte betala kyrkan två gånger. "

Dominic hade dött ensam i isolering under Scurry Morrissettes "tvinga människor att dö ensamma i isolering" dekret från 2020.

Lisa harklade sig och tittade på de närstående vännerna, släktingarna och pressmedlemmarna. "Dominic var en stor man och jag är chockad över hans död. Detta var aldrig tänkt att hända. Vi hade för avsikt att gifta oss just denna dag." Suckade Lisa och hon började gråta. Fotograferingsblixtarna sved i hennes ögon och hon stirrade på folkmassorna med tomma ögon.

"Hallå. Jag sitter fast mellan en sten och en hård plats. Kan någon snälla få mig härifrån? Jag är försenad till mitt bröllop!" Skrek Dominic inifrån kistan.

Lisa kände sig chockad, men att höra Dominics röst fyllde henne också med hopp. Hon tog tag i en sax och klippte bandet som lindade kistan. Lisa andades djupt. Hon hoppades att hon skulle se en levande och uppspelt Dominic med ett fånigt flin. Ändå fruktade hon att han trots allt kunde ha dött av den upphaussade influensan och hade lämnat en inspelning åt henne som sitt sista upptåg.

Lisa öppnade kistan och Dominic sprang upp med ett stort leende. "Hej Lisa, är du uppspelt för vår bröllopsdag?" Jublade Dominic.
"Du lever!! Men hur hände detta? Du testade positivt för den upphypade influensan och du såg döende ut förra gången jag såg dig? " Undrade Lisa.

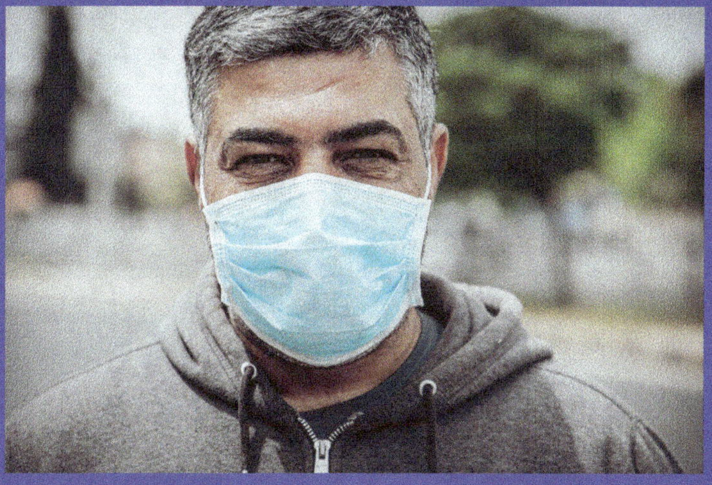

"Det visade sig att jag bara var bakfull och sjuksköterskan testade en papayafrukt av misstag." Kvittrade Dominic.
"Men varför fejkade du din död?" Frågade Lisa.
"Jag fruktade att Scurry skulle förbjuda mitt bröllop. Men jag visste att han inte skulle förbjuda min begravning. Så jag räknade med att jag kunde blåsa alla genom att organisera ett bröllop och kalla det för en begravning." Förklarade Dominic.
"Detta är genialiskt. Det är därför jag älskar dig." Utropade Lisa och kysste Dominic.

Efter bröllopet levde Lisa och Dominic lyckligt tillsammans i många år. Scurry, å andra sidan, mötte ett tragiskt slut. Arg över blåsningen kvävdes han av sin ansiktsmask och dog. Slut.

> Scurry, å andra sidan, mötte ett tragiskt slut. Arg över blåsningen kvävdes han av sin ansiktsmask och dog.

När katten släpps ut ur väskan.

Jag heter Smokey och jag är en fyra år gammal katthona. Jag bor med den mest excentriska människan, John. Allt han någonsin gör är att stirra på sin dator och trycka på knappar. Jag kan inte förstå hur han kan vara nöjd med ett sådant trist liv. Mitt liv är mycket mer spännande. Maten är riklig och det finns fem perfekta platser att sova på i Johns lägenhet. Vad mer kan en tjej önska?

Mitt enda problem med min mänskliga tjänare är att han är döv. Så att be honom om mat ger inga bra resultat. Istället måste jag stryka mig mot honom för att få som jag vill, något som han ofta missförstår som ett behov av kelighet. Bah, löjligt. Men som sagt mycket mat och fem bekväma tupplurar. Livet kunde vara värre.

Jag vaknade från en trevlig tupplur när jag hörde ett pipande ljud. Det var en mus! Även om John aldrig har sagt det uttryckligen, antog jag att dödande av möss var en del av min arbetsbeskrivning.

Jag smög mot musen när jag fick en uppenbarelse; att smyga efter en mus var den mest spännande jag hade gjort på flera år.

Det var mycket intressantare än att se John stirra på sin dator. Tänk om jag kunde bli vän med musen så att vi kunde leka kurragömma varje dag? Det skulle göra mina återstående åtta år mycket mer intressanta än om jag dödade musen.

Jag gick fram till musen och sa "Mjau." Detta var lite oartikulerat då jag ville säga, "Hej, jag heter Smokey. Jag är ensam och uttråkad. Låt oss vara vänner."
Musen sa, "Pip, squeak" och sprang iväg. Hur oförskämt var det? Jävla möss har inget sätt. Jag hade förväntat mig en ordentlig introduktion!

Jag insåg att det kunde finnas en kommunikationsbarriär mellan våra arter. Det fanns bara ett sätt att fixa det. Att jaga efter musen och hålla ner henne medan jag förklarade mina avsikter. Det skulle inte vara lätt, men jag hade inget bättre att göra.

Sagt och gjort, jag jagade musen. Efter en kort jakt fick jag tag på musen. Jag höll ner henne med min högra främre tass medan jag drog tillbaka mina klor för att se till att jag inte skulle skada min nyfunna vän. Jag tittade in i musens ögon och talade.
"Mjau, mjau."

"Pip, pip."
"Mjau, mjau."

Efter vårt ofruktbara samtal låtsades musen vara död. Vilket skämt. Jag kände hennes puls. Men då blev jag orolig. Tänk om jag oavsiktligt hade dödat musen? Jag tog bort min tass från musen och insåg varför detta inte var en bra åtgärd.
"* Pip * dig!" Sa musen, bet mig i näsan, och sprang iväg.

Jag insåg att jag inte skulle få en ny vän idag. Det var dags att göra mitt jobb och döda musen! Jag jagade efter musen som hoppade in i Johns väska för att gömma sig. Jag hoppade efter musen men när jag kom in i väskan lutade den över och stängde sig. Besvärligt!
"Mjau, mjau, mjau" ropade jag, men till ingen nytta eftersom John är döv.

Sett från den ljusa sidan satt jag fast i ett trångt utrymme med musen och vi hade tillräckligt med tid för att lösa våra kulturella skillnader. Jag lärde mig att musens namn var Squeaky och att hon hade fått 72 barn. Men hon hade lämnat dem alla i Asien när hon gick ombord på ett containerfartyg till Australien.

Jag kände mig lite avundsjuk eftersom musen hade så många barn medan jag inte hade några. Sett från den ljusa sidan behövde jag inte frukta för mitt liv och äta ur soporna.

Så småningom tog John upp väskan som jag var i och gick till jobbet. Jag tänkte skaka på väskan för att varna honom om min närvaro, men jag lät bli. Squeaky hade levt ett så intressant liv, och jag kunde inte vänta på att se omvärlden också!

Efter ett tag lade John ner väskan, och jag hörde att han tryckte på ett tangentbord som vanligt. Ett sådant tråkigt liv som den mannen lever!

Efter ett tag hörde jag en kvinnlig röst: "John, kan du komma till mitt kontor och visa mig din senaste prototyp?"
John tog sin väska och lade den på ett bord. Han öppnade väskan och tog upp Squeaky medan han tittade på sin chef.
"Eeek! Varför ger du mig en mus?" Skrek chefen.
"Åh! vad är det?" Ropade John och kastade Squeaky i väggen. Jag hoppade upp för att se till att Squeaky var okej.
"Mjau, mjau! (Kan någon hämta en veterinär, snälla?)" Jamade jag.

Men ingen veterinär kom. Istället kom en ambulans och tog Johns chef till sjukhuset. Tydligen hade Johns chef en allvarlig allergi mot katter, vem kunde ha anat det?

I slutändan överlevde både Squeaky och Johns chef, men John förlorade sitt jobb på grund av händelsen. Det innebar att han hade mer tid att klappa mig och hålla mig sällskap. Ibland händer det bra saker när katten släpps ut ur väskan.

Slut

> I slutändan överlevde både Squeaky och Johns chef, men John förlorade sitt jobb på grund av händelsen.

Om du gillade den här boken så ta gärna en titt på mina andra böcker. Mina böcker finns tillgängliga i tryck, som e-böcker samt som ljudböcker.

Du kan läsa mer om mina böcker på www.martinlundqvist.com

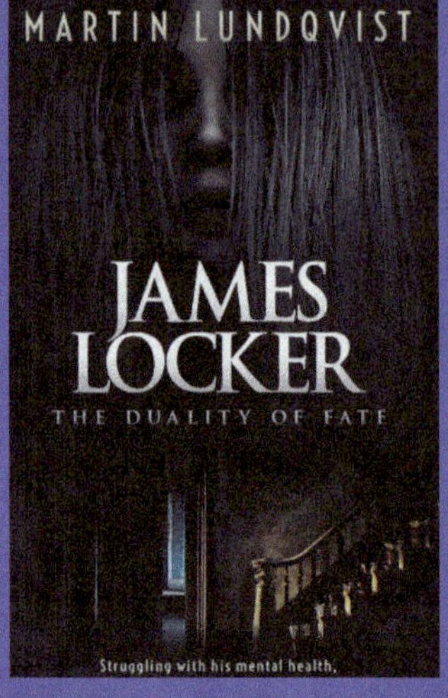

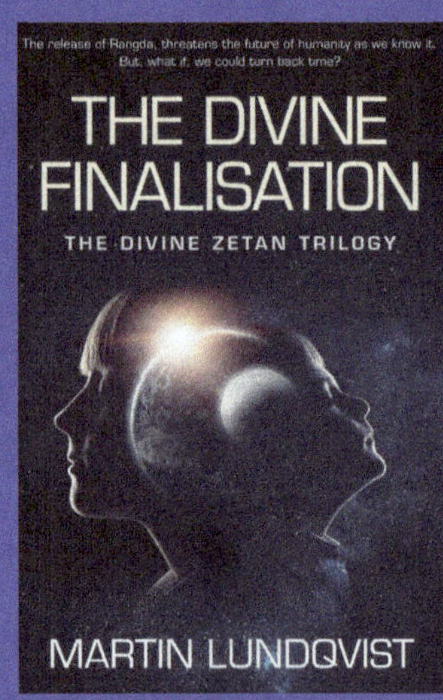
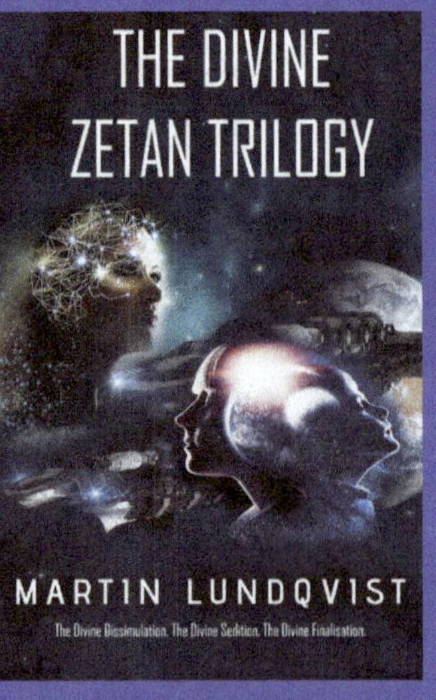